I Philippa P.

Cyhoeddwyd 2013 gan Wasg y Dref Wen,
28 Ffordd yr Eglwys, Yr Eglwys Newydd,
Caerdydd CF14 2EA, ffôn 029 20617860.
Cyhoeddwyd gyntaf yn y Deyrnas Unedig yn 2012
gan Andersen Presss Limited,
20 Vauxhall Bridge Road, Llundain SW1V 2SA dan y teitl *Elmer, Rose and Super El!*
Testun a lluniau © David McKee 2012
Mae David McKee wedi datgan ei hawl
i gael ei gydnabod fel awdur ac arlunydd y gwaith hwn
yn unol â deddf Hawlfraint, Dyluniadau a Phatentau 1988.
Y fersiwn Cymraeg © 2013 Dref Wen Cyf.
Cyhoeddwyd gyda chymorth ariannol Cyngor Llyfrau Cymru.
Argraffwyd a rhwymwyd yn Malaysia.

ELFED,

RHOSYN a SUPER ELIFFANT

David McKee
Addaswyd gan Elin Meek

DREF WEN

Roedd Elfed yr eliffant clytwaith, Eifion ei gefnder, a rhai anifeiliaid eraill yn gwrando ar sŵn yn y pellter. "Rydych chi'r eliffantod yn cael hwyl a hanner, Elfed," meddai Llew. "Beth sy'n digwydd?"

"Dim syniad," atebodd Elfed. "Maen nhw'n swnio fel eliffantod, ond nid ein gyr eliffantod ni sy'n gwneud y sŵn. Beth am fynd i weld, Eifion?"

Ac yn wir, gyr o eliffantod oedd yn gwneud y sŵn, eliffantod *pinc*. Roedden nhw'n dathlu pen-blwydd Hen, yr eliffant hynaf, yn gant oed. Hen ei hun oedd yn arwain y gyr. Wrth ei ymyl roedd Rhosyn, un o ffrindiau Elfed.

Aeth yr eliffantod yn eu blaenau'n swnllyd i'w lle arbennig wrth ymyl clogwyn. Cerddodd Hen i ben y clogwyn, yn agos at yr ymyl, ac wynebu'r eliffantod eraill. Rhoddodd Rhosyn flodyn i Hen a dweud, "Pen-blwydd Hapus!" Dyna'r arwydd i bawb arall.

"Pen-blwydd hapus, UN," gwaeddodd yr eliffantod eraill i gyd gan daro'u traed. "Pen-blwydd hapus, DAU." TARO! "Pen-blwydd hapus, TRI." Roedd yr eliffantod wedi bwriadu gweiddi, taro'u traed a chyfrif yr holl ffordd i gant. Curodd pawb eu traed yr un pryd a dechreuodd y ddaear grynu. Cafodd Rhosyn, druan, gymaint o ofn y sŵn fel y rhedodd i ffwrdd.

Ond mae gyr o eliffantod yn taro'u traed fel daeargryn.
Holltodd y clogwyn. Rhedodd yr eliffantod i gyd yn
ôl mewn braw – pawb heblaw am Hen, a gafodd ei
adael ar ddarn pitw o graig. Rhedodd Rhosyn i mewn
i'r jyngl dan weiddi, "Help! Help!"

Yn y cyfamser, roedd Elfed ac Eifion yn dal ar eu ffordd
i weld beth oedd yr holl sŵn. Yn sydyn, daeth dau
eliffant bach atyn nhw.

Roedd Elfed yn adnabod y ddau. "Helô, Rhosyn.
Helô, Super Eliffant," meddai. "Beth sy'n bod, Rhosyn?"
Esboniodd Rhosyn beth oedd wedi digwydd.

"Paid â phoeni, daw Super Eliffant i'r adwy," meddai
Super Eliffant. Ar hynny, gwibiodd i fyny i'r awyr fel
roced. Rhuthrodd Rhosyn ar ei ôl.
"Does dim allwn ni ei wneud," meddai Elfed. "Beth am
fynd i rywle lle gallwn ni wylio heb i neb ein gweld ni?"

Cyrhaeddodd Super Eliffant wrth i'r darn o graig roedd
Hen yn sefyll arno ddechrau chwalu.
"Wnewch chi godi eich trwnc, syr?" gofynnodd Super
Eliffant. "Daliwch e'n uchel – dyma fi'n dod."

Cydiodd Super Eliffant yn Hen gerfydd ei drwnc a'i godi'n ddiogel, wrth i'r piler o graig gwympo'n deilchion.

"Anhygoel! Gwych! Rhyfeddol! Aruthrol! Hwrê!" gwaeddodd yr eliffantod.

"Diolch," meddai Hen. "Diolch am fynd i nôl help, Rhosyn.
Diolch, Super Eliffant. Dyna'r pen-blwydd mwyaf
cyffrous ac arbennig dwi wedi'i gael erioed!"
"Os gweli di'n dda, Super Eliffant," meddai Rhosyn,
"pan fydd hi'n ben-blwydd arna i, ga i ddod am reid?"

"Does dim angen i ti aros tan dy ben-blwydd!" meddai
Super Eliffant. "Beth am ddod am reid nawr? Dal yn dynn yn
fy nghlogyn. I ffwrdd â ni!"
Gwichiodd Rhosyn yn gyffrous wrth iddyn nhw godi i'r awyr.
Ar ôl gwneud cylch neu ddau, a'r eliffantod eraill yn rhyfeddu,
diflannodd y ddau i'r pellter.

Ar eu ffordd adref, meddai Eifion, "Gobeithio y bydd ein penblwyddi *ni* yn gant oed yn arbennig."
"Fel y dywedodd Super Eliffant, 'Does dim angen aros tan dy ben-blwydd!'" gwenodd Elfed. "Mae pob diwrnod yn arbennig, wir i ti."